AF357809

L'HYENNE COMBATTUE,

OU

LE TRIOMPHE DE L'AMITIÉ,

ET

DE L'AMOUR MATERNEL.

EN DEUX POEMES HÉROIQUES.

A AMSTERDAM,

Et se trouve à Paris,

Chez DUFOUR, Libraire, Quai de Gêvres, au Bon Pasteur.

M. DCC. LXV.

AVERTISSEMENT.

Deux Lettres insérées depuis peu dans la Gazette de France, ont fait naître l'idée de ces deux Ouvrages, dont chaque sujet a paru également intéressant. La valeur ingénue de quatre enfans, qui se défendent contre une Bête redoutable, déja trop connue par sa cruauté, la grandeur d'ame avec laquelle un d'entr'eux les engage à sauver leur ami, forment l'objet du premier Poëme ; le second offre un tableau, plus touchant encore, de tout ce que la Nature peut suggérer à la mere la plus tendre.

LE
TRIOMPHE DE L'AMITIÉ,
POEME HEROIQUE.

En deux Chants.

CHANT PREMIER.
ARGUMENT.

Exposition du sujet. Naissance & âge de Portefaix. Eloge de l'état de Berger. Description de l'Hyenne ; allarmes qu'elle cause. Cinq jeunes enfans se rassemblent, pour veiller sur leurs troupeaux. Préparatifs qu'ils font, en cas d'attaque.

O toi, Chantre sacré, dont le sublime effort,
Nous montra comme on brave & le tems & la mort;

A ij

Toi, dont en vain l'envie ofe attaquer la gloire,
Homere, fois mon guide au temple de mémoire!
Cependant ne crois pas qu'Icare audacieux,
J'afpire à retracer les querelles des Dieux;
Je célebre un Héros, dont la valeur utile
En eût plus fait, peut-être, & qu'Ajax & qu'Achille,
Si l'âge eût fecondé fes exploits éclatans;
A peine ce Héros comptoit onze Printems.
PORTEFAIX eft fon nom; dans un féjour champêtre,
Sous de paifibles toits le Ciel l'avoit fait naître.
Il n'étoit que Berger.... Cet état avili
Sembloit le condamner aux rigueurs de l'oubli.
Dans quel égarement l'ambition nous plonge!
L'âge d'or à nos yeux n'offre plus qu'un vain fonge;
Ce fiecle fi vanté par d'innocentes mœurs,
Que devient-il pour nous? Un reproche à nos cœurs.
Pâris, auteur des maux qui mirent Troye en cendre,
Jeune encor, fut Berger fous le nom d'Alexandre;
A l'éclat des vertus dont il brilloit alors,
Prévoyoit-on un jour fa honte & fes remords?
A la Cour de Priam fa naiffance l'appelle;
Dangereux féducteur d'une époufe infidelle,
Sa vertu l'abandonne, & la Phrygie en pleurs,
Au rang qu'il a repris a dû tous fes malheurs.

(5)

Les antiques Bergers, au fein de l'innocence,
Cultivoient les vertus, leurs champs & la fcience,
Seuls, ils nous ont tranfmis cet art audacieux
Qui nous fait mefurer & lire dans les Cieux ;
Par lui, le Nautonnier que féduit la fortune,
Se flatte de dompter l'empire de Neptune,
Des bords glacés de l'Ourfe aux plus brûlans climats,
Où fon ambition lui fait porter fes pas.

Non loin d'une contrée agréable & fertile,
Où l'art rend fans effort la nature docile, (1)
Le jeune PORTEFAIX avoit reçu le jour.
Un monftre furieux défoloit ce féjour.
Objet trop renaiffant de la terreur publique,
Monftre échappé, dit-on, des rives de l'Afrique,
Affemblage inouï, d'autant plus redouté,
Qu'il fait unir la rufe avec la cruauté ;
Auffi prompt que l'éclair dans fa courfe homicide,
Et fignalant (2) au loin la fureur qui le guide.

Tel qu'autrefois le Sphinx, par des coups inhu-
mains,

____

(1) Le Gevaudan avoifine le Languedoc.
(2) Ses courfes embraffent une étendue de pays de plus de quarante
lieues, dont le Gevaudan eft le centre.

Même au pied de leurs murs fit trembler les Thé-
    bains,
Jufques au jour marqué pour un hymen funefte,
Où le vainqueur (1) paffa du triomphe à l'incefte :
Tel ce monftre nouveau, du nom d'Hyenne appellé,
Monftre, qu'à fa vîteffe on pourroit croire ailé,
Dans tout le Gevaudan a femé l'épouvante.
C'eft par l'impunité que fa rage s'augmente.
Préparant en fecret les coups qu'il veut porter,
Il s'élance (2) au moment qu'on ne peut l'éviter.

A quelque excès d'effroi que chacun s'abandonne,
Laiffera-t'on languir les tréfors de Pomonne ?
La culture des champs & le foin des troupeaux,
N'occuperont-ils plus les paifibles hameaux ?
Mais le travail l'emporte, & les craintes finiffent;
On fillonne les champs, & les troupeaux bondiffent.
Par le commun danger (3) fept enfans réunis,

---

(1) Il s'agit ici d'Œdipe, dont l'hiftoire eft affez connue ; ce fut par une Tragédie de ce nom, que M. de Voltaire, fort jeune encore, entra dans la carriere où il s'eft acquis tant de gloire.

(2) Après avoir rampé, fans qu'on puiffe l'appercevoir, l'Hyenne s'élance de fort loin fur ceux qu'elle attaque.

(3) Outre cinq jeunes garçons, dont deux de onze ans, & trois de fept, il y avoit deux filles à peu près du même âge. Ces enfans font du village de Villeret.

Veillent fur ces troupeaux à leur garde remis.
Deux d'entr'eux font d'un fexe à qui les deftinées
Réfervent de la paix les douceurs fortunées :
Sexe aimable & prudent, dont le fenfible cœur
Du tumulte des camps a toujours fui l'horreur.

De même que l'on voit dans un riant boccage,
Sept jeunes arbriffeaux prêter leur foible ombrage ;
Tandis qu'un feul d'entr'eux, qui domine fur tous,
Du fougueux aquilon brave déja les coups :
Tel, parmi ces enfans, PORTEFAIX fe fignale ;
Il veut détruire en eux une crainte fatale.
Cette noble fierté qui brille dans fes yeux,
Ce préfage affûré d'un deftin glorieux,
En impofe, & bientôt diffipe les allarmes.
A tout événement on prépare des armes ;
Au bout de longs bâtons des fers font attachés.
On cherche à prévenir tous les pieges cachés.
Chaque foldat armé paroiffant immobile,
Pour découvrir au loin, en fera plus utile.
Les Bergers en circuit, deux filles, le troupeau,
Dans le centre placés, forment un camp nouveau.

Fin du premier Chant.

CHANT II.

ARGUMENT.

Songe de Portefaix. L'Hyenne attaque les Bergers : ils Ils choisissent pour chef PORTEFAIX. *Généreuse intrépidité , que celui-ci montre. Combat soutenu contre l'Hyenne. Issue du combat.*

ASSEZ souvent du Ciel la volonté supréme ,
En précede l'effet, & s'annonce elle-même.
Avant ce jour de crainte où nos jeunes Bergers
Rassemblés dans le camp, pressentent leurs dangers,
Un songe décevant, une trompeuse image ,
Offrit à PORTEFAIX le plus flatteur présage.
Un spectacle nouveau vient frapper ses regards ;
Il voit briller des fers, flotter des étendards.
Le bouclier d'Achille à ses yeux se présente ;
Il veut le soulever, mais le poids l'épouvante.
Toujours la résistance irrita le desir :
PORTEFAIX de l'armure ose enfin se saisir ;
A ses débiles mains ce poids immense céde.
Sans doute en ce moment un Dieu propice l'aide.
Admirant en secret ce qu'il ne connoît pas,
Ce chef-d'œuvre de l'art a pour lui des appas.

Tandis qu'il le parcourt, l'aurore vigilante
Précédant du soleil la courfe renaiffante,
Eveille le Berger, & détruit une erreur,
Dont il lui refte à peine un fouvenir trompeur.

J'ai dépeint des enfans généreux, intrépides,
Dont la tendre amitié va faire autant d'Alcides.
Ils étoient dans leur camp... tout à coup une voix
S'écrie : ô mes amis, c'eft elle, je la vois,
L'Hyenne approche... à ces mots, tout le camp qui
       murmure,
Voit dans PORTEFAIX feul, un chef qui le raffure.
PORTEFAIX dont l'orgueil n'a point féduit le cœur,
Pour fauver fes amis, accepte cet honneur.
Ne craignez rien, dit-il, je fuis à votre tête.
Le monftre tourne au loin, confidere, s'arrête,
Et de même qu'un trait lancé d'un bras nerveux,
Il s'élance, il faifit le plus jeune d'entr'eux,
L'entraîne, & dans fon fang croit affouvir fa rage.
Tout le camp, dont ce coup diffipe le courage,
Par fon chef, déformais avec peine arrêté,
Dans le malheur d'un feul croit voir fa fûreté.
On propofe la fuite; avec crainte on avance :
PORTEFAIX à l'inftant releve leur conftance,

Et éployant un cœur plus grand , plus affermi,
Non, dit-il , *périssons , ou sauvons notre ami.*
A ce généreux cri la troupe se ranime ,
On court en ordre au monstre arracher la victime ;
Il la laisse sanglante , (1 & s'indigne de voir
Qu'à de tels ennemis il cede le pouvoir ;
Lui , dont l'horrible soif, qui toujours le dévore,
S'étanche avec plaisir (2) dans un sang jeune encore.
Non-seulement sa proie échappe à sa fureur,
Pour la premiere fois il connoît la terreur.
De rage & de douleur ses regards étincellent ;
Quatre enfans mal armés l'entourent, le harcelent,
Le monstre s'en émeut, quoique leurs foibles bras
Ne puissent d'un coup sûr lui lancer le trépas.
Un long poil hérissé sert au cruel, d'égide.
La valeur , elle seule , à ce combat préside ,
L'union l'accompagne , & le sang froid la fuit :
Mais que peut la valeur, quand la force trahit ?
Chacun croit voir un Dieu dans son chef invincible ;
Frappons , frappons aux yeux , c'est son endroit sensible ,

---

(1) Le jeune garçon entraîné par l'Hyenne, & que ses amis secou-
rurent à tems, fut blessé à la joue & au bras, mais légerement.
(2) L'Hyenne se jette de préférence sur les jeunes personnes.

Dit-il : au même inftant l'ordre eft exécuté ;
Plus d'un coup dangereux de concert eft porté.
Le monftre alloit périr, lorfqu'une fuite prompte
Dans le fond d'un ruiffeau lui fait cacher fa honte ;
Il s'y roule avec rage, & s'élançant foudain,
Défefpéré, confus, (1) prend un autre chemin.

Ainfi fe termina ce combat mémorable.
Telle on vit autrefois une hydre épouvantable
Des fombres eaux du Lerne (2) implorer le fecours ;
Ce fut là le dernier de fes funeftes jours.
Elle y trouva la mort en y cherchant la fuite :
Mais auffi, quel Héros étoit à fa pourfuite !
Le fils de Jupiter, le plus grand des mortels,
A qui la Grece entiere éleva des autels.
Hercule, avant ce trait d'immortelle mémoire,
S'étoit déja frayé le chemin de la gloire ;
Deux ferpens étouffés dans fon berceau par lui,
Montrent affez qu'un Dieu fe rendoit fon appui.

––––––––––––––––––––

(1) De crainte de jetter quelque froideur fur le récit & l'iffue du combat, on s'eft difpenfé de faire mention d'un homme qui accourut au bruit que faifoient les enfans, & qui fe mit à crier lui-même, pour épouvanter l'Hyenne.

(2) Hercule défit un hydre près du marais de Lerne : ce fut le fecond des travaux que lui impofa la haine de Junon.

D'Hercule à PORTEFAIX je connois la diſtance;
Mais ſi l'un eut pour lui l'éclat de ſa naiſſance,
L'autre s'eſt préparé ſous de ruſtiques toits,
Aux plus nobles vertus, aux plus brillans exploits.
Grandeur, fermeté d'ame, audace réfléchie,
Dès ſa plus tendre aurore ont ennobli ſa vie,
Et pour mieux illuſtrer ce prodige nouveau,
Une amitié touchante y met le dernier ſceau.

Fin du Triomphe de l'Amitié.

LE TRIOMPHE

DE L'AMOUR MATERNEL.

POEME HEROIQUE.

O Muse, qui gravez avec des traits de flamme,
Les solides vertus qui nous élevent l'ame,
Ne puis-je de ce feu dérober un rayon,
Et, nouveau Prométhée, en illuftrer mon nom?
J'entreprends de tranfmettre à la race future,
Le plus fenfible cœur qu'ait formé la nature;
De toucher, d'attendrir, tout m'annonce l'efpoir:
De l'amour maternel je chante le pouvoir.
Nous admirons encor les exemples fublimes
Que donnerent aux Grecs deux meres magnanimes;
Nous partageons les pleurs & les funebres cris
D'Andromaque qui s'offre aux bourreaux de fon fils.
Frémiffans du couteau dont s'arme un Prêtre impie,
Nous plaignons Clytemneftre autant qu'Iphigénie.
Du tems qui détruit tout, les voiles répandus
N'ont jamais obfcurci les antiques vertus,

Tranfmifes d'âge en âge & fervant de modeles :
Feu facré, qui renaît des moindres étincelles !

Affez & trop long-tems, par un funefte fort,
Au loin l'Hyenne répand le carnage & la mort ;
Toujours le Gevaudan eft la fanglante enceinte,
Que ce monftre a choifi pour y femer la crainte.
Près de fes foyers même, afyles de la paix,
L'habitant confterné doit frémir déformais.
Sans choifir le moment, où la nuit la plus fombre
Enhardit aux forfaits, & leur prête fon ombre,
Le monftre fe fignale en tout tems, en tous lieux ;
Redoutant peu le nombre, & la clarté des cieux.

Trop fouvent nous voyons que le cœur le plus
    tendre
Des piéges dangereux fait le moins fe défendre ;
Tout rempli des objets qui feuls font fon bonheur,
Il eft fans défiance au fein de la candeur.
Sécurité fatale, & cependant touchante,
Toi, par qui le danger précede l'épouvante,
Tu trompas une mere en ce funefte jour,
Qui va faire éclater l'excès de fon amour.
Quelle mere !... ah ! déja mon ame eft attendrie !

CHATAN JOUVE (1) est son nom : Le Rouget sa
    patrie :
Ce nom, fait pour passer à la postérieé,
Tire un nouvel éclat de son obscurité.

Tel que l'astre fécond, source de la lumiere,
Dès l'instant, où du jour il ouvre la barriere,
Sur un nuage épais faisant agir ses feux,
En azur le plus beau change un ciel ténébreux :
Telle aussi la vertu, par l'éclat de son lustre,
Sait tirer de l'oubli le nom le moins illustre ;
Et que je plains les cœurs qui n'ont jamais senti
Combien par cet éclat un nom est ennobli !

Sous de champêtres toits, à ses devoirs livrée,
D'une famille chere en tout tems entourée,
CHATAN JOUVE un matin, hâtoit par ses travaux
Les trésors du Printems, à peine encor éclos.
Trois enfans, dont un d'eux commençant sa car-
    riere,
Se nourrissoit du lait de la plus tendre mere,
Assis à ses côtés, tous trois chéris, heureux,
Signaloient leurs transports par de paisibles jeux.

─────────────────────

(1) On a réuni son nom de famille à celui de son mari.

on ne dit pas, une maison champetre
on le dit dun Jardin ou dun Lieu quelquon-
que. il falloit sous de rustiques.

Enfans infortunés, quel destin vous menace ?
On approche... fuyez... ah !... tout mon sang
    se glace,
C'est l'Hyenne redoutable... Elle vient, fuyez tous ;
Que dis-je ? il n'est plus tems, & le monstre est sur
    vous.
Qui des trois deviendra sa premiere victime ?
A ce monstre cruel il faut un double crime ;
C'est l'aîné qu'il choisit, celui qui dans ses bras
Porte un frere au berceau, qu'il n'abandonne pas.
A ce spectacle affreux, leur mere frémissante,
Vole au monstre, & trompant sa fureur renaissante,
Plus prompte encor que lui, forte par son amour,
Arrache ses deux fils qu'il reprend tour à tour.
De ces tristes enfans déja le sang ruisselle,
Et le sang maternel avec le leur se mêle.
Des vêtemens épars, déchirés & sanglans,
Du plus affreux combat sont d'assurés garans.
Le monstre enfin lassé de tant de résistance,
D'une mere à son tour, croit lasser la constance ;
Et le troisieme enfant, du combat spectateur,
Epargné jusqu'ici, va sentir sa fureur.
Sa tête, par le monstre à l'instant engloutie,
Ne laisse désormais plus d'espoir pour sa vie :

Plus d'efpoir ?..... Quel arrêt pour une mere en
     pleurs,
Qui gémit, qui mourra de fes propres douleurs !
Peut - être il vit encor.... Elle ofe, au moins, le
     croire,
Elle ofe à fon bourreau difputer la victoire,
Et ne confultant plus qu'un cœur défefpéré,
S'élance fur le dos de ce monftre altéré :
Là, lui preffant les flancs qui palpitent de rage,
Trop d'efforts redoublés épuifent fon courage,
Elle chancelle, tombe, & fa plaintive voix
Semble implorer le Ciel pour la derniere fois.
De fon fils entraîné par le monftre indomptable,
La mort, plus que jamais, paroît inévitable :
Et quelle mort, hélas !... Cependant un Berger
Paroît, & peut encor fufpendre le danger.
Le monftre eft attaqué, mais dans fa courfe agile,
Il franchit un terrein qui devient fon afyle ;
C'eft-là, que fans quitter cet objet de pitié,
Cet enfant malheureux qui ne vit qu'à moitié,
Il veut en confommer l'horrible facrifice ;
Sans efpoir de retard il faut qu'il s'accompliffe :
Lorfqu'un chien courageux, & le premier de tous,
Qui de l'Hyenne farouche ofe affronter les coups,

Dans son retranchement l'attaque avec audace ;
Au nouvel agresseur le monstre faisant face,
Laisse là sa victime, & d'un coup mesuré,
Ecarte un combattant à craindre & rassuré.
De ce séjour sanglant il prend enfin la fuite,
Traînant en d'autres lieux la terreur à sa suite.

O mere courageuse, à ton cœur éperdu,
Ce fils que tu pleurois, ce fils est donc rendu !
Dans quel état ? ô Ciel !… Quand j'en frémis moi-
      même ,
Je me retrace assez ton désespoir extrême.
Ce déplorable enfant ne fait plus que souffrir,
Et ne vivant qu'à peine est heureux de mourir.
Vas, tu fis plus pour lui qu'on ne devoit attendre.
Epouse vertueuse, & mere la plus tendre,
Par un sang desséché, dès tes plus jeunes ans,
Jusques ici tes jours (1) ont été languissans ;
Mais il te reste un cœur formé pour la tendresse,
Qui sçût te rendre forte au sein de ta foiblesse.
Aux dons que sur ce cœur le Ciel a répandus,
Il se plaît d'ajouter un triomphe de plus ;

---

(1) Cette tendre mere est d'une complexion très-délicate.

Un Roi qui des vertus lui-même eſt le modele,
A tranſmis à la tienne (1) une gloire nouvelle :
Pere d'un peuple heureux, ſes regards bienfaiſans
Dans ſes moindres ſujets lui font voir ſes enfans.

------

(1) Le Roi, inſtruit de l'action généreuſe de cette mere, lui a ac-
cordé une gratification, ainſi qu'au jeune PORTEFAIX.